【別冊】

追想　吉田小五郎先生

慶應義塾大学出版会

【別冊】

追想　吉田小五郎先生

慶應義塾大学出版会

【別冊】 追想　吉田小五郎先生　目次

（以上『回想の吉田小五郎』［一九八五年刊］より再録）

翡　翠

小泉とみ

先生の御逝去を知ったのは、御殿場滞在中でございました。ちょうど、その日、東京の留守宅から転送されて来た郵便の束に、先生のお手紙が入っておりました。御永眠一週間前の八月十三日付でございました。そのお便りを写します。

お暑うございます。
昨日小泉信三伝をいただいて嬉しうございました。
字が乱れて字がよく書けないのは悲しうございます。
ありがとうございました。
　八月十三日　　吉田小五郎
小泉とみ様

小さな小さな字が並んでおりました。嬉しいという字にも、悲しいという字にも、ペンの震えがみとめられます。お命の尽きる前にこのようにお書き下さったと思うと、有難く、お名残惜しく、胸が迫りました。思えば長いおつき合いでございました。

先生を初めてお見かけ致しましたのは、大正十三年でございました。場所は、当時三田の慶應義塾の裏門内にあった幼稚舎の校庭でした。私の長男信吉が一年生になったその年に、先生は幼稚舎に奉職なさいました。長年にわたる御勤務の、それが始めだった訳でございます。最初の一年は見習奉公でした、とおっしゃっていらっしゃいましたが、私がお見かけした時も、子供たちの体操の時間を、すこし離れたところから見ていらっしゃったのでした。上着の胸に、翡翠の飾りが揺れておりました。地味な御様子と美しい翡翠の対照が忘れられません。

その時から五十年も過ぎて、先生に翡翠の思い出を申し上げましたら、よくそんなことを覚えていたと、びっくりなさり、またお喜びにもなりました。あれはお気に入りの品で、時計の飾りに付けていらっしゃったそうでございます。

柏崎にお移りになりまして、御郷里でありながら、冬の寒さには閉口なさったようでございました。なにか重ね着のお役に立つ物をお送りしたいと考えておりました折柄、いかにも温かそうなえり巻を見つけました。色は数種類ありましたが、私は迷わずグリーンを選びました。あの翡翠が目に残っていたからでございます。翡翠の色とは違いますけれど、黒よりも、茶よりも、先生にはグリーンがふさわしいと思われたのです。

さて、息子の信吉が二年生になると同時に、先生は新しい一年生をお受持ちになり、甥の佐々木春雄がお世話に与かるようになったのでございます。春雄の母が父兄会に出られぬ時、私が代役をつとめたこともございました。

先生はこの最初の担任の組を、「長男」と呼んでいらっしゃいました。たのもしい社会人となった「長男」についてお話しになる時、お顔が輝きました。一方私は、先生の御消息を「長男」たちから聞くことがありましたが、師に抱く敬愛の深さは言葉の端にも感じられ、いつも心を搏たれました。

春雄に誘われ、信吉も大学時代には折り折り先生のお宅に寄せていただきました。信吉戦死の後、親類の者たちによってまとめられた追悼の文集に、先生も「信吉さんの思い出」をお載せ下さいました。その一節に

「——他の組の生徒は、きかん坊か、わからずやか、お母さんやお父さんがうるさがたでもない限り、滅多に教員室の話題に上らない。つい知らずに過してしまう。信吉さんはおよそそういう条件には総て当てはまらなかったから、色の白い丸顔のおとなしそうな坊ちゃんとだけしか知らなかった」

とあります。信吉が最後にお訪ねしたのは、戦死の約一年前でございました由。その日、先生は日記に、

「小泉君は軍服が実によく似合う」

とお書きになったそうでございます。

先生はてっせんの花がお好きでございました。お庭のを切ってお持ち下さいました。紫、淡紫、白。紫は色が深く、殊に美しゅうございました。てっせんは私も大好きな花と申し上げましたら、次の年には根をつけて、数株お分け下さいました。育てかたをよく教えていただき、その通りを守

ったつもりでしたのに、年々花が貧しくなり、とうとう絶えてしまいました。

家にはたびたびお見えになりました。夫と、静かに、しかし楽しそうにお話しになっていらっしゃいました。ある時食事にお招き致しました。先生がおきらいと知らずにうなぎを用意した失敗も、忘れられぬ思い出でございます。先生が逆に恐縮なさいますので、なおさら困ってしまいました。

柏崎から毎年黒ようかんをお送り下さいました。もともと私は黒砂糖の味が好きでございますが、柏崎の黒ようかんは格別の美味しさでございます。いつも小包に先立って、ごていねいな御案内状が届きました。筆まめでいらっしゃいましたから、お便りを頂きますのは、ようかんの時ばかりではございません。そうして見馴れた御手蹟が、近年めっきり小さく、しかも曲るようにおなりになりました。お体の不調では、とお案じ致しておりました。最後のお手紙の文字は、さらにさらに小さかったのでございます。

お手紙にある小泉信三伝は、この八月始めに刊行されました。ある方が「吉田先生は、伝記の完成を告げにいらっしゃったのだろう」とおっしゃいました。伺って心の安らぐのを感じました。

小泉　タエ

附　記

右は、母小泉とみの語る吉田先生の思い出である。

先生に初めてお目にかかった時、母は二十八歳。翡翠の色は六十年経った今も、鮮やかによみがえるようだ。若き日の先生を知る母の話を文字に替え、追悼号のお仲間に入れて頂くことにした。

吉田先生を偲んで

内田英二

私どもの居間には、和服姿の吉田先生の写真が飾ってある。葬儀の日、霊前に安置された遺影を小さく複写してほしいと帰りの車内で、卒業生のKさんに懇望したところ、後日送って下さったものである。

先生が逝去される二ヶ月程前のことである。

六月十一日に私は鶴岡に住む親戚の結婚式に招かれていた。前日の十日に上野を発ち、柏崎に先生をお訪ねした後、新潟で一泊し、早朝に鶴岡へ向えば、翌日の十一時の挙式に間にあうことがわかった。先生にその旨を認め、御都合をうかがうと、残念ながら次の機会にして欲しいとの御返事があった。理由は当日、先生が担任された昭和二十一年卒業の諸君が柏崎で開くクラス会と重なっているからとおっしゃる。私はかねてからこの美しい心の和む話はうかがっていたが、それは例年、土曜から日曜にかけて開催されているように記憶していた。

先生の歯の診療に柏崎まで出かけ、今も尚続けているMさんに確かめてみた。やはり先生の思い違いであることがわかった。宿泊先や切符の手配をすましてしまったのでお伺いするけれども、用事があったら私に構わず出かけて下さるよう、お願いの速達を出しておいた。

さて、十日の昼過ぎに柏崎に着いて、いつものように先ず甥御さんの直太さんに電話をかけると、すぐ来るようにとおっしゃった。

急ぎタクシーに乗って花田屋さんの店先で降りた。直太さんに案内されて先生の部屋の前に行くと、

「内田さん、よく来て下さった」と繰り返しおっしゃって、私の体を抱えこむようにして座敷に請じ入れられた。この日先生は早くから、駅で卒業生の到着を待っていられたが、何時になっても姿が見えないので、空しい思いで帰宅された。その時先生は私のことを思い出されて、「内田さんになんと詫びの手紙を書こうか。速達に今日来ると書いてあったが、どうしたものか」と千々に心が乱れていたところだったそうである。「本当によく来て下さった」と満面に笑みをうかべて繰り返しおっしゃる。却って私の方が恐縮する程であった。先生とお会いすると、いつも果てしなく話が続いて、つい時のたつのを忘れてしまう。

突然先生は、「内田さん、私の話が聞こえますか。どうもこの頃、時々急に声が出なくなるような気がするんですよ」と心配気におっしゃる。多少声に力の無さを感じたが聞こえないことはなかった。「よく聞こえますよ。私も近頃人と話をする機会が少ないせいか、すぐに声が嗄れます。お疲れが出たんでしょう」と答えて、お暇をすることにした。長年先生がお好みの某店のケーキを差し出すと、「折角持ってきて下さったのに、こう言っちゃ申し訳ないが、近頃、前と違ってまるで味が落ちましたね。繁昌して店を増やしたりしていい気になるといけません」と強い口調でおっしゃった。私は先生未だ老いずと、却って嬉しかった。

先生は直太さんと店頭まで送って下さった。大通りの曲がり角まで一緒にとおっしゃるのをお断わりして足早に歩き、曲がり角でふりかえると、先生は手を振って下さった。私はお辞儀をして急ぎ駅に向かう道へ曲がった。まさかこれが先生との最後の出会いになるとは思いもよらなかった。

私は柏崎の駅のホームのベンチに腰をおろして新潟行きの列車の到着を待った。偶然にもこのベンチは、私が幼稚舎長退任の挨拶に家内とうかがったとき、わざわざ駅まで見送りに来て下さった先生と並んで腰をおろしたベンチであることに気がついた。

先生御逝去のしらせを受けた時の衝撃は大きく悲しみは深かった。

かえりみれば、私が吉田先生の謦咳に接したのは、昭和十年から御逝去までの四十八年間である。特に昭和二十四年から柏崎にお移りになるまでは、上野毛の先生の家の近くに私の住まいがあったので、何かにつけておうかがいすることが多く、親しく先生の薫陶をうける幸運に恵まれた。

私は戦中戦後に二度も大病にかかって生死の境を彷徨し、また重なる悲運に遭遇してきた。そのような折に私や私の家族を蔭になり日向になり慰さめ、励まし、救いの手を差しのべて下さったのが吉田先生である。幼稚舎長に就任したときも、何とかその重責を果たすことができたのも、私のうしろには常に先生がいて下さった。

吉田先生の思い出は、限りある紙数では到底語り尽くせるものではない。確言できるのは、吉田先生との出会いがもし無かったら、今日の私はあり得なかったということである。

叔父の思い出

吉田直太

叔父吉田小五郎は明治三十五年一月十六日。この日の父親の日誌には木曜己亥「午后一時三十分男子生ル」と一行だけ記されています。

越後国刈羽郡柏崎町南片町（現、柏崎市東本町一丁目）に男五人、女三人、八人兄弟の末っ子として生まれました。長兄正太郎（私の父）と十五歳、長姉とは丁度二十歳違いでした。すぐ上の兄四郎とは三歳、その上の三郎とは五歳違いで男の子が並んでいたのに末子だけが特別我ままに育てられたと聞いていました。

晩年、帰郷早々父親（叔父の）が几帳面に誌した小払帳が出てきて、その中に小五郎へ三銭、小五郎五銭と、二、三日おきに記入されてありました。他の兄弟達へは、お祭かお盆か正月くらいしか書いてないのを見つけだし、年老いた叔父も大へん苦笑したのを思い出しました。

明治四十一年柏崎小学校入学、大正三年柏崎中学入学、どちらの学校も自宅から徒歩三、四分の近くです。

その頃柏崎地方で目白の啼合会というのがはやり、寺の境内などで度々催された様子です。むろん大人の愛鳥家ばかりで、それぞれ自慢の目白を持ち寄る訳です。叔父はこの仲間に是非入れてくれと頼み「子供はダメ」と断られたのに無理矢理参加して金的を得た話は聞いて知っていましたが、奇しくも昨夏市内の古道具屋からその時の番付が見つかりました。大正四年四月十五日、於柏崎町西光寺境内、六丁目。吉田麟麟児（小鳥の名）はその啼合番付の西方大関の座をしめていました。中学二年生の子供の道楽が、あきれられたそうです。

　大正六年秋、当時、カチューシャで一世を風靡した島村抱月、松井須磨子一座が柏崎の芝居小屋に掛りました。父ら当地の物好連が大挙見物、その中に叔父も加わりました。

　中学生は学校の許可のない活動写真（映画）や演劇を見に行くことは堅く禁じられていた時代です。運悪くたまたま見物にきていた中学校の教師に見つかり、翌日登校したら早速呼び出され一週間の停学処分を申し渡されました。ところが自宅で謹慎中、四日目か五日目に放課後に学校へ来るようにとの使いが来て、授業が終るころ登校しました。今でいうクラブ活動で叔父は相撲部の行司役を勤めていたためであり、行司がいなくなっては練習に差しつかえがあったのでしょう。厳しい反面、おおらかな時代であったと思います。

　また、この当時は町内で少年相撲が盛んで、叔父は行司装束をつけて土俵に上り、あの小柄な体でスターでもありました。凝《こ》り性はこの辺にもあらわれ相撲文字を習いに行き、四股名《しこな》がついていた少年力士たちの取組表も書いたという話です。

　中学四年生の修学旅行で佐渡へ行った時のことです。佐渡の古道具屋で江戸時代の大きな羽子板を買って帰り、これが修学旅行の唯一の土産でしたが、この頃から一風変った物好心が働いていたようです。

大正八年、柏崎中学を卒業して上京、塾の学生時代はいつも夏と冬の休みに田舎へ帰ってきておりました。私たちは「慶應の叔父さん」と呼んで遊び相手になってもらいました。

予科入学早々三越で求めたホームスパンのオーバーは長い間愛用し、散々に着古したのち柏崎の家に送られてきて私共もそのお下りを着ました。あまりの丈夫さにアキレる程でした。釦《ボタン》一つ取れず、力一パイ引きちぎっても取れません。英国製で当時大枚百円だったと聞きました。今も当家に保存されています。

長い長い幼稚舎時代のことは皆々様の方がよくご存知の通りです。

さて五十余年の東京生活に区切をつけて昭和四十八年六月、私が迎えに行き永年住みなれた上野毛の家を引払って柏崎へ帰りました。その時満七十一歳でしたが十一歳下の私より元気なくらいでした。

毎日のように東京はじめ各地の展覧会見物などに出かけ、佐渡から二川の大皿を持ち帰ったり鎌倉から掛軸の長い箱を縞の大風呂敷で背負って来た時など、元気そのものでした。

上野の駅あたりで旧知の人に出会ったら「吉田先生は田舎で運び屋でもしているのではないかと思われますよ」と私がヒヤかしたほどです。

朝鮮の旅、そして五十年夏スペイン、ポルトガル三十五日間の生涯最大最高の楽しい大旅行のあとも旅の疲れは少しも出ず土産話に余念がありませんでした。飛騨高山、美濃の旅、また五十一年には益子で開かれた民藝夏期学校へ私と共に一受講生として参加し、山の上の浜田庄司さんの自宅へ伺ったり、完成前の益子参考館を見せて頂いた時も、とても元気でした。

二泊して帰りの車中で「浜田さんも弱りなされたなア」と話しておりました。浜田さんはその翌年亡くなられました。

帰郷以来、毎月二回すぐ近くの主治医の検診は欠かしませんでした。しかし医師の話でも体には特別の異状は何もないのに、五十三、四年頃から、あれほどの物好心が次第に薄れ、折角私が珍品？を掘り出してきても以前示したような関心がうすらいできました。

本、新聞、テレビも次第に遠のくようになりはじめました。出版社など取材の人が訪れた時、資料の準備等は総て私が手伝いましたが、それでも長時間になると面倒くさそうな様子が見え途中で止めたこともありました。

余談になりますが、私の父も叔父に劣らぬ「物を見る心」の旺盛な人間でした。でも八十歳近くから次第に興趣心が遠のき、体より心の弱りが目立ちはじめ、四十六年に八十四歳で亡くなりました。兄弟の血というか叔父も全くおなじような晩年でした。

吉田小五郎先生を偲んで

渡辺徳三郎

吉田小五郎先生がお亡くなりになってから一ヶ月ほど経った今日この頃（九月二十四日執筆時）、テレビの天気予報で新潟県が出るたびに、ああもうあそこにいらっしゃらないのかなあという、ポカリと穴のあいたような淋しい思いがする。

私は大正の終り頃、幼稚舎生としてちょっと先生のお姿を目にしているのであるがそれは別として、大人になって先生に接するのは、私が幼稚舎教員となった昭和十七年五月からである。それから先生が退職され（昭和四十四年三月）、次いで数年後郷里柏崎市に帰られ、今年八月お亡くなりになるまで実に四十一年の歳月が流れた。今回は、特に戦中と戦後の昭和二十年代を中心に振りかえり、先生というとすぐ頭に浮かんでくることの二、三を書いて先生を偲ぶよすがとしたい。

先生は昭和十九年、幼稚舎疎開学園が始まると共に担任の傍、現地の責任者となり、次いで戦後は主事、二十二年から三十一年まで九年間舎長の任にあられた。

この間の印象の第一は先生が事に当って、御自分の考え――即ち信条とか判断の基準をきわめてはっきりと持っておられたということである。そしてそれを実際にする気力が旺《さか》んであったことである。

二十年六月末、もう敗戦も間近かな頃、伊豆にいた東京の公私の小学校は青森県へ再疎開を命ぜられ、幼稚舎は二日がかりで、津軽半島の木造町に移動した。七月二日夕方到着し駅から宿舎へと歩く途中、県の視学という、草鞋掛けで鉢巻姿の人物がいて、一部の幼稚舎生に演説をした。あとで聞くとこれは「草鞋視学」という人で、草鞋をはいて国の為につくしていることを看板にしている男で、お前たち都会の子供はりしからんと決めつけて、こちらでたたきなおしてやるというような事を大声でしゃべった。いやな思いで我々は宿舎へ入ったが、一日おいて七月四日木造町立向陽校での受入式の時、吉田先生は幼稚舎を代表して挨拶し、この視学の「訓示」に、時に言葉をおだやかにしながら、基本的には一歩もゆずらない答弁をふくめておられたことが印象深い。どういわれたか、メモがないが、この印象だけは確かである。

○

舎長になられた当時は米軍占領下で、日本の教育全体がその管理下にあったから、その方面からの「すすめ」があったのだろう、日本中の学校でわれもわれもとP・T・Aを作ることが流行した。しかし幼稚舎は作らなかった。それは時流にオイソレと乗らない先生が舎長であったからである。その時の思い出話を先生は昭和五十二年に幼稚舎新聞（七九〇号）に書いておられ、先生の面目躍如たるものがあるので左に引用させていただく。これは先生の連載『幼稚舎の歴史』（一〇二）の一節である。

「（P・T・Aが流行して来てさかんにすすめられたが）しかし私は「待てよ」と考えました。P・T・Aの趣旨は誠に結構。ところが親と先生があんまり親しくなりすぎるのも考えものだ。

学校というところは何かにつけて父兄の援助をあおがなければならない。しかし父兄の口だしを受けるようになってはかなわない。（中略）幼稚舎の父兄の中に、金も出すけれども口も出したいような人がいないとも限りません。

そこで幼稚舎の先生方の中にはあるいはP・T・Aの実現をのぞんでいらっしゃる先生もあったかも知れませんが、私は、誰にも相談しないで独断でP・T・Aはつくらないことにしました。（中略）方々の先生に幼稚舎にはP・T・Aがないと聞かれて変な顔をされました。（中略）吉田のわがままのせいですが、後になってよいことをしたと思いました。

先生や校長さんが父兄と親密になる。まことに結構なことですが、やはり私の考えていたようなことが全国の学校におこってきたのです。学校の中のことが父兄の野心家にかきまわされる。しまいにはあの先生はどうだから、どうしたらよかろうなど事件があちこちにおこって来たのです。P・T・Aこまったもんじゃなどという声も聞こえて来ました。」（以下略）

右の文章では先生は「吉田のわがまま」という言葉のヴェールをかぶせておられるが、先生は幼稚舎という学校にはP・T・Aはなじまないと直観され、それを自分で決定するのが一番よいと思われたのであり、また当時の教員も先生の人としての重さとすぐれた見識を信頼していたから、異議を唱える人もなかったのだと思う。その頃先生は四十代の半ばであった。

○

私が強く印象づけられていることの中には、以上に書いたことほど外には目立たないこともたくさんある。その一つで当時、教員誰でも耳に入れていたと思われるのは、「教室で教えることとは別に、何か一つ好きなものをもって、打ち込んでおやりなさい」ということである。教員自身が好きなことを持ち、打ち込んで追及していることが、その人の心の栄養にもなり、それがまた教室の教育に反映して子供たちによい影響を与えるのだということであったと思う。その先生の言葉によって、それぞれ、「好きなもの」を持つようになった人がたくさん出る舎風を生んだ。

これを書きながら、先生の随筆集『私の小便小僧たち』（昭和三十四年刊）を見ていると、昭和十一年に書かれた一文を見い出した。題は「希望の一つ」で、先生が昭和六年に卒業させた教え子の会の会報「塔」第二号に寄稿されたものである。その中に前述と同じ趣旨の次の言葉を発見してひどく心をうたれた。

「何より先に諸君のだれにも希望したいのは、何でもよい、何か一つ人に抜んでたもの、優れたものを持ってもらいたい。これが私の衷心からの願ひである。学問でもよし、運動でもよし、趣味でもよし、何でもいい、それに打ち込んでもらひたい。世の中には凝ることはいけないことのやうにいふ人があるが、いけないのどうのといふのは二の次の問題で、その前に凝るだけの熱情がのぞましい。」（一九七頁）

私共が二十年代にお聞きしたことは、先生が、その天成に発し、さらに御自分の生活の中から、また研究や趣味の世界から育てて来た信条の一つであったという事実が私の心を打つ。

○

先生はもともと「校長なんて教師としての醍醐味も何もありはしない、事務屋に過ぎない」と考える方であったが（前掲書一六八頁）、ひと度舎長になれば、すぐれたモラル・バックボーンと教育の筋を通す見識のある「校長」であった。

しかしその半面、先生は教職員や生徒の一人一人の歩みに恩情をそそぐ方であった。担任としての先生については教え子の方々に聞く外ないが、先生の随筆によってその一端をうかがうことができる。『犬・花・人間』（昭三十一年刊）の中の「どうぶつのこどもたち」とその続編や、『私の小便小僧たち』（昭三十四年刊）の中の同名の一編及び「百萬塔」などがそれである。

集団疎開中や敗戦後の舎長時代の先生が、教職員や生徒の家庭の様々な「苦境」に対して示された恩情は先生の心ばえの美しさの現われであった。だからそのなさり方が何げなく自然で、それを受ける人にゆきすぎた心の負担を感じさせない趣があった。それは私がそれをお受けした経験からの実感である。というのは私は戦後に病気で長期欠勤し、その上出てきても一人前でなかった時期が長かった。その間物心両面にわたって厚い御配慮をいただいたことがあるからである。それは文字通り、普通には「有り難い」ことであったとつくづく思うのである。

文脈の都合上、私事がさきに出てしまったが、はじめにもどると先生が教職員全体の生活を護るためになさったことは、単に心を配るだけではなく、具体的な工夫をよくめぐらされたのである。授業料の払えなくなった家庭への援助も、具体的に工夫し他人にわからないように実行されていた。だから私はそれをほとんど知らなかったが、三十年近くも経ってから、幼稚舎新聞の求めに応じて寄稿された「幼稚舎の歴史（99）」（七八七号）の中で、その一端をさしつかえない範囲で書かれたのではじめてわかったのである。そこにも吉田先生流のなさり方があった。

この吉田先生の下で戦後の「乱世」に、再建の道を歩んだ幼稚舎は何と幸せであったかと思う。中国の古語に「棺を蓋《おお》いて事定まる」とあるが、今私の頭にはこの言葉が強い実感を以て浮んでいる。

吉田小五郎先生のこと

川崎悟郎

幼稚舎プールの入口左手に素晴しい大木瓜《ボケ》が一株植えてあります。吉田小五郎先生のお宅に植わっていたものです。この株は先生が東京を引き払って、ご郷里の柏崎に移られる折、ぞくに長男たちと言われる第一回目の教え子の一人である和田欣之介さんが引き取られ、その後、和田さんから幼稚舎が頂いたものです。この大木瓜は先生がご自慢であったもので、先生の随筆集『犬・花・人間』の中にも、次のように記されています。

冬の花ではないが、事のついでに、我が家の一つ自慢、大木瓜のことを言っておかう。一体木瓜にはそう大木といふものはないやうである。ところで我が家のものは丈け二間に及び、その幹も太いのは優に径二寸はあらう。それが数十本、やぶのように茂ってゐる。横浜の郊外のさる農家の庭にあったものを懇望して譲りうけたのである。この家を建てた年（昭和十五年）の秋のことであった。おやじさんが牛車に積んでがたんごとんと、はるばる運んできてくれたのである。毎年花時になると、べったり咲いて、ために辺り一面が明るくなる。

その後、二度の移植に依っていくらか枝を詰められたのでしょうか、この木瓜はやや小ぶりになったようにも思えますが、相変らず世にも稀なる大木瓜で、三～四米四方に枝を拡げ、花時には今も変らずべったりと花を着けます。本当に辺り一面が明るくなったような感じです。

この木瓜は幼稚舎にとって大事な宝物です。吉田先生を偲ぶ大切なよすがともなってしまいました。毎年、この木瓜がべったり花を着けると、私は写真に撮って柏崎へ送りました。

「先生の大木瓜がまたこんなに美事に咲きました。」と、先生にお知らせするためです。昨年でしたか、枝がまただんだん茂ってたれ下がってきたので、先生はご不自由な筆で略画を書き、このように支え木を作ってやってほしいと言って来られました。よく梅林などで見られる丁字形の支え木です。柏崎へ隠棲された後も東京に遺されたものを気遣われる気持を有難いと思いました。花を愛でる先生の心に応えて、この大木瓜を大切に育てて行かねばなりません。

また、私は先生から君子蘭の大鉢を一鉢頂きました。多分、上野毛のお宅の玄関辺りに置かれてあったもののように思います。君子蘭というのは蘭の仲間ではないそうですが、先生は蘭を大変に好んで居られました。やはり『犬・花・人間』に記されていますが、特に春蘭など東洋の蘭がお好きであったようです。私たち教え子らと共に野歩きなどに出ると、先生は必ず小さな移植ごてを持って行かれて春蘭を掘り起こしていたことを思い出します。私たち次男坊と称される第二回目の教え子のクラス会を「蘭の会」と名付けたのもこの故です。

話題が少しそれました。さて、先生から頂いた君子蘭ですが、これも私の家でほとんど毎年美しい花を咲かせてくれます。一度株分けをして二た鉢になりました。本ものの蘭は大変に世話のかかるもののようですが、君子蘭は全く手がかかりません。先生は植物の世話をすることの全く不得手な私を見抜いて、世話のかからぬ君子蘭を私に下さったのでしょう。この君子蘭は淡いオレンジ色で、華やかではあるが毒々しさが全く無く、先生の好みであったように思われます。この花の写真も学校の木瓜と同様に、先生にお送りしていましたが、来年からはその送り先を失ってしまいました。植物を世話することの下手な私ですが、この鉢だけは大切にせねばなりません。

先生を偲んでこのようなことを記していると、ふと、上野毛の先生のお宅の縁側から眺めた冬枯れの木立の枝先の美しさが浮んで来ます。青々とした緑の美しさが浮ばないのは、心の隅を冷いすきま風のようなものが吹き過ぎて行くからでしょうか。

故吉田小五郎先生を偲んで

小泉淳作

吉田先生は、私の心の内で大きな存在である。それは先生御在世中も、今も別段変らないが、亡くなられてみると、自分の心の中に、ポッカリ風穴が空いて、中心が不安定になったような、淋しいような思いで一杯である。愚痴になるが、もう少し長生きして頂きたかった。

先生の遺された、数々の学問的御業績は私如きには分らないが、私にとっては恩師であると同時に、何とも云えない人間的な純粋さが素晴しく、私のもっとも敬愛する所以である。

長い間に蒐集された、おびただしい数の美術品を見ても、時代や、有名、無名に一切こだわらず、良いものを見ぬいて行く眼を持って居られた事が分る。先生は、見せかけだけのケバケバしさや、ハッタリを極端に嫌悪され、地味で、真実味あふれるものを大事にされた。

私は、日吉の当時で云えば、文学部予科で慶應をオサラバして、美術学校に転校、芸術家の道を歩んだのであるが、以後、先生の天賦の芸術家魂と、御見識に、どれ程教わり、啓発され、また励まされて来た事か。

ある日私の家へ遊びに来られた先生は、貧しい、殺風景な我がアトリエを一覧されて、「芸術家は、身の回りにホンモノを置かなければ駄目だよ」と云われた。数日して小包が届いた。開けて見ると、室町頃と思われる、鉈彫りの素晴しい般若のお面であった。

それから、屢々、骨董品を頂いた。どれも先生の眼識をくぐり抜けたものばかりで、地味な顔をしているが、じっと見ているると次第に光彩を放つものばかりであった。私はそれ等からも、自分の仕事に随分影響を受けた。

十年前に先生が柏崎へ引き揚げられる前、一時お手伝いさんに困られて、私が一人、竹岡さんという、オバさんをお世話した事がある。一風変った人で、常識外れの所があり、随分先生に御迷惑をかけた。

私の手元には、その都度来る、苦情の御手紙が沢山ある。だが、そのうちに「竹岡さんは、いろいろの欠点はあるけれど、ほんとうは心のきれいな人です。私はこの人でづっと行きます」というお手紙を頂き、以来何にもおっしゃらなくなった。

何よりも、心のきれいな事、それを最も大事にする方であった。

先生の書かれた、随筆の数々を私は天下一流と思っている。柏崎だよりとか、私の小便小僧たち、等々、もしまだ読んで居られない方があったら、是非お読みいただきたい。この機会にお願いしておく。

愁傷無限

桑原三郎

一　弔　辞

吉田小五郎先生

先生から頂いた最後のお手紙は一週間前の十二日の日付けでございます。「二十六日にして下さい。今度は私の家で泊っていただきます」という内容でした。つまり今月の二十六日、先生のお宅をお訪ねし、その晩先生のお宅に泊めて頂き、心ゆくまでお話を申し上げ、お話をうかがう予定だったのであります。私は二十六日を待ちのぞみ、お目にかかったら何からお話を申し上げようかと、楽しみにして居りました。

先生の御著書『東西ものがたり』が中央公論社の文庫に収められ、刊行されましたのは、つい十日程前の八月中旬の事であります。私は先生に命じられて、つたない解説を書かせて頂きましたが、あの本の川上澄生の装釘の素晴らしいことも申し上げたいこととの一つでありました。

民俗学を専攻している私の知人の一人が早速『東西ものがたり』をあがない、私にそのことを手紙で知らせて参りました。

その方の話では、民俗学の開拓者柳田国男氏が吉田先生の『切支丹宗門史』、これは岩波文庫でありますけれども、ある旅の途中ずっと読まれていたという記録のあることを私に知らせてくれました。そのことも御報告したいと存じました。

それから非売品である慶應義塾大学通信教育部発行の先生の御著書『キリシタン史』を偶然手に入れることが出来まして、それをつい数日前に拝読したことも申し上げたいと存じました。それからさらに、先日、私が書いたものを先生にお届けしましたけれども、先生がどう御覧になって居られたかも、是非うかがいたく存じました。

先生が慶應義塾幼稚舎長をお勤めになられ、私が幼稚舎教員に採用していただいた昭和二十三年以来三十余年、先生にお目にかかってこの方ずっと、先生のお言葉は私にとり最大の光明でありました。その光明、先生の光りをたよりに、これまでたどたどしく私は歩んで参りました。それが叶わなくなったのであります。二十六日にお目にかかる楽しみばかりでなく、この後、もう永遠に先生と過ごす時がなくなったのであります。

昨夜のお通夜の読経の中に、

「会うものは亦た当に滅すべし、会うて而も離れざること終に得べからず」

とありました。

私は幼稚舎の教員を勤め、春夏冬の三つの休みに先生を柏崎にお訪ねすることを、これまでの習いとして居たのでありますが、お訪ねする度に越後柏崎花田屋の吉田直太さん、それから奥様をはじめとする方々の先生に対する並々ならぬ御愛情を思ったのであります。先生に親しく教えを受けた私どもは、先生が花田屋にあってお仕合せであるのを喜び、先生はいつまでも不滅であろうという思いで、甘えること限りない状況でございました。それを先生は、身を以て実智恵を教えられたのでございます。「時将に過ぎなんと欲す」でございました。

先生、しばしお別れ致しますが、またお目にかかります。その時、先生に真っ直ぐに顔が向けられますように、先生にあやかって真っ直ぐに生きたいと努力いたしたく存じます。先生の御冥福を心からお祈り申し上げます。

昭和五十八年八月二十三日

先生の愛された雑草のひともと

桑原三郎

謹んで御霊前に奉る

二　吉田小五郎先生と幼稚舎

吉田小五郎先生が、八月の二十日に亡くなられて、今日は三十五日に当たる。我が家の狭い庭には、先生のお好きな彼岸花が数十木、今を盛りと咲き競っているが、最早花の便りをお届けするすべもない。体の中を秋の風が吹きぬけてゆく淋しさを感じている人々は、今、先生を知る人の中に多いことであろう。

先生を偲んで、さきに岩谷十二郎さんが「新潟日報」に一文を寄せられた。岩谷さんは歴史の専門家だから、さすがに史学者としての先生、つまり昭和五年の『切支丹大名記』(大岡山書店)、昭和十三年の『日本切支丹宗門史』(岩波文庫)を始め、昭和三十四年の『ザヴィエル』(吉川弘文館)に至る先生の学問上の業績を通じて、偲んでおられた。

岩谷さんと同じく、三田の大学で、先生に教えを受けた髙瀬弘一郎氏も、やはり先生の没後、「新潟日報」で、先生のご著書『東西ものがたり』(中公文庫)を紹介しておられた。髙瀬さんは学士院賞に輝く、キリシタン史研究の若き碩学で、先生の誇りとされた方である。このほかにキリシタン文化研究会では、会報で吉田先生の追悼特集を組むそうで、日本のキリシタン史研究の権威としての先生の、ごまかしのない学問は、次々に顕彰されることであろう。

先生は塾の史学科に学び、幸田成友先生の知遇を受けてキリシタン史の勉強に励まれたのであるが、大正十三年に大学を卒業すると直ちに幼稚舎の教員になられた。当時は、大学を出て小学校の教員になるなど極めて珍しいことであった。先生は敢えてその珍しい道を選び、昼間は子供を可愛がって教え、学校がひけると、残りの時間をご自分の学問と趣味の追求に注がれたのであった。

先生は、学問の上で幸田成友先生を尊んでおられたが、趣味の上では柳宗悦先生を深く尊敬しておられた。柳先生も吉田先生を重んじられた。吉田先生の趣味は広く深く、自然の動植物から工芸品、丹緑本や石版画はもとより、焼き物、絵画その他に亙っていて、それも飽くことを知らない。根本に、美しく、つつましく、清らかなものが大好きなのである。『日本の石版画』や、『犬・花・

人間』『私の小便小僧たち』『柏崎だより』等の名随筆集を読めば、このことはよく解る。そういう先生のご趣味の素晴らしさについても、誰かが必ず書くことであろう。

私は、昭和二十三年、先生が幼稚舎長を勤めておられる時に、幼稚舎の教員に採用していただいた。以来三十五年余り。先生には限りない教えとご親切をいただいたのであるが、先生の幼稚舎教員ないし幼稚舎長としてのお仕事が、キリシタン史の研究や、ご趣味の追求と共に、真に卓越したものであったことを思うのである。そして、三つの分野に共通して、嘘のない、清らかなものを求める精神を強く感ずるのである。

幼稚舎は明治七年の創立以来、約百十年の歴史をもっているが、その歴史をつぶさに見ると、必ずしも輝かしい日々ばかりではなかった。正宗白鳥の小説の中に、昭和十年頃の幼稚舎とおぼしき学校が出て来る。その中で、金持ちの家に媚び、いかにも通俗に教えている教師が描かれていた。そして、これは根も葉も無いことではなかった。一例を挙げれば、当時幼稚舎の教員で、兼業に幼稚舎生の家庭教師をするのは珍しいことではなかった。兼業の方が正業よりも報酬の多い例もあったようである。吉田先生が、これを苦々しく思われたのは言うまでもない。しかし、やがて幼稚舎改革の機会が来るのである。戦争が烈しくなるに及んで、人員の縮小があり、年配の教員の多くが辞め、さらに、集団疎開の発足があったからである。吉田先生は四十二歳で、幼稚舎の疎開学園の責任者となったのである。両親から離れ、お腹を空かした子供達をかかえた疎開生活が、子供を愛する吉田先生の心をどんなに痛めたか、想像に余りある。それでも、幼稚舎の疎開学園は、乏しいながら和やかに、不自由な集団生活に伴いがちな卑しいエピソードを残すことなく、立派に幕をおろしたのである。これには、責任者としての吉田先生の、やさしく、しかも毅然としたお人柄が大きくものを言ったからだと思う。先生は、正邪、いや美醜という方が当たっているかも知れないが、何が子供にとり最善であるかを直観的に判断出来るお方であった。何よりも、先生は私心の無いお方であった。

戦後間もなく、先生は幼稚舎長となり、気品ある幼稚舎を着々と実現なさった。教師の世界には、とかく理屈を操った欺瞞や偽善が多いのであるが、先生はこれを嫌い、シンプルで、解り易い、美の原則（モラル）にのっとって幼稚舎を運営されたのである。幼稚舎教員たる者、第一に子供を可愛がるべし、暇があったら教員自身勉強して、自分を磨くべし、生徒は必ずそれを見ている。先生はこんな生《なま》な言葉はお使いにならないが、そういうお考えでおられたと思う。そして、先生自身が誰よりもこの原則を忠実に実践しておられたのである。

昭和二十九年、小泉信三先生は、吉田先生を讃えて、次のように述べられた。

「家庭が先生を尊敬することが幼稚舎の如くなのは、尠くとも今の日本では比類が尠いと思ふ。これは幼稚舎の伝統もあるが、吉田小五郎先生の権勢に屈せず、身を持することの堅い為に自然に培はれたものと思っている。師たるもののオーソリティを自然のうちに高められたのは、実に、教育の真髄である」

吉田先生は、疎開学園の責任者になって以来の約十年間で、幼稚舎の気品をここまで高められたのであった。

三　愁傷無限

吉田小五郎先生に初めてお目にかかったのは、『幼稚舎史日録』によれば、昭和二十二年の十二月二十八日である。当時、先生は幼稚舎長を勤めておられ、私は塾の心理学の二十　歳の学生であった。この時、私の幼稚舎への就職が内定し、私は親しく吉田先生の謦咳に接することになったのである。

以来三十六年、私は先生を畏敬して過した。もし、先生に出会わなかったら、私はもっと浅ましく卑しい人生を過していたような気がする。先生は、懦夫《だふ》をして立たしめる力をもっておられた。先生は、清らかで、やさしい心の持主でいらっしゃったから、こちらが不純な心をもつ時は、正面から先生の目を仰げないのである。だから、私はなるべく、先生にちゃんと顔向けのできるように、勿論不十分ではあるが、努めたし、私がささやかな努力をすると、先生は喜んで下さったから、私は張り合いが出て、また先生に褒めていただこうと、いい気になったのである。

先生は、私が文学好きなのをよしとして、私に、ものを書くようにおすすめ下さり、また、私が児童文学の勉強をすることを喜び、傍から励まされた。それも口先だけで励ましたり、喜ばれたりするのではない。私の書いたつたない童話や小説を、中央公論社の「少年少女」や、和木清三郎さんの「新文明」等に推薦して下さったのである。二十六歳の時に書いた「さんまの夜」という小説は、「新文明」に載ったが、別に評判にならなかった。それでも、先生が褒めて下さったのが、私には大変嬉しかった。児童文学の勉強を始めて、鈴木三重吉にとり組んで、「三重吉研究ノート」という、かなりの量のものを書いたのは二十八の時で、これも先生のお世話で、「新文明」に一年半ばかり連載していただいた。先生と私は同じ寅年で、先生が私より二回り上だから、この時先生は五十三歳でいらっしゃったことになる。

その頃、先生は、私に「鈴木三重吉童話全集」を編集刊行させて下さるために、随分腐心なさったのである。先生の随筆集の出たコスモポリタン社や、春陽堂に当り、春陽堂からは、第一巻が組みあがり、校正も終って、まさに出版されるところまで運んでいた。それが、社長の交通事故で中止になってしまった。先生は、わが事のように嘆かれたが、その仕事をさせていただいたお陰で、『鈴木三重吉の童話』という私家版の本を出すまでに、私の勉強がとどいたのであった。これは私が三十三歳の時で、先生は既に幼稚舎長を辞めておられた。『鈴木三重吉の童話』が本になった時、先生は、「この度の御仕事私高くかひます」というお手紙と一緒に、印刷代の一部に、と私に多額のお金を下さった。

こういう先生の御親切を書いてゆくと、限りはないのだが、私が一時国語の勉強にうつつを抜かし、「正書法の根本は、文字表象の確立、即ち分ち書きにあること」という論文を書いた時も、先生は、これを至文堂発行の「国文学　解釈と鑑賞」に推薦して下さった。私は大学で心理学を専攻したから、これまで縁の無かった国語国文学研究の一流誌に自分の文章が載った時は、大いに誇らしい気持になった。もっとも、この文章も、当時の学界の注目するところとはならなかったようである。しかし、誰が認めてくれなくとも、吉田先生が認めてさえ下されば、私はその価値を疑わなかったし、十分に報いられていたのである。

先生の御親切は限りなく続いて、私が三田の大学で児童文学の講義をするように運ばれたのにも、吉田先生の御配慮があったと、これは池田彌三郎先生からうかがった。昭和四十六年のことである。その後、昭和五十四年に拙著『諭吉小波未明』が義塾賞を受けたが、これにも吉田先生と池田先生の御親切のお陰があったと思っている。

この二月、福沢先生の御命日の講話を幼稚舎生にするように、川崎幼稚舎長から言われ、私は、「福沢先生の中の武士」という題の草稿を綴り、例の如く、まず柏崎の吉田先生にお届けした。先生は私の文章を大変に褒めて下さったのだが、そのお手紙の中で、

「人に物をすすめる時のすすめるは進めるでなく勧めるであったような気がするけれども、あなたのには三ヶ所進めるとあります。」と、親切な御注意を下さった。

顧みると、私は先生の御厚情にすがり、ひたすら教えられ、甘え通して生きてきたのであった。そして、今日、私は、もうこういうふうに親切に教えて下さる、私に少しでもよい所があれば必ずそれを認めて、励まして下さるお方を、永久に失ってしまったのである。

愁傷無限。

先生、本当に、本当に有難うございました。

三田の吉田小五郎先生

岩谷十二郎

吉田先生との御縁のはじまりは三十五年前にさかのぼる。私は昭和二十三年、慶大文学部西洋史学科に入学したが、旧制大学の当時は、西洋史の学生も、国史、東洋史の単位をかなり多くとることが義務づけられていた。たまたま吉田先生はこの年請われて文学部で国史特殊講義を持たれた。内容はキリシタン史であるという。

私は旧制中学の四、五年の頃、よく銀座の教文館にでかけた。軍人が跋扈し、訳の判らぬ国粋主義が国中を覆っていた戦時下のことである。その頃の中学生にとって教文館の二階は別天地であった。そこにはカタカナの名前の西洋人の著作の翻訳書がたくさんあり、菊池寛の戯曲の英訳があり、"Jazz and Japan"という一九二〇年代末のモダンな風俗を描写した本も並んでいた。あるとき、私は比屋根安定氏の五巻からなる『日本基督教史』を買った。それが実に楽しい。第三巻まではいわばキリシタン史の概説であり、私はこの本で初めてフロイス、ワリニアノ、オルガンチーノ、その他たくさんのバテレンの名前に接した。

こんな思い出もあり、私は国史特殊講義にキリシタン史をためらわず選んだ。しかし当時私は吉田小五郎先生を存じあげる程には、キリシタン史のことは知らなかった。

先生の講義は毎週金曜日の午後四時頃から始まった。第一回目の日、先生は私達（と言っても五、六人であるが）に、「小説でも何でもよいから、いままでキリシタンについて読んだものがあったら書いて下さい」とおっしゃり、小さな紙を配られた。先生はその頃、確か四十六、七歳であられた筈だが、若い学生の目には五十歳位に見えた。頭髪を殆んど坊主刈りになさり、絶えずにこにこなさっていた。私はその紙に前記の比屋根安定氏の著作や、土井忠生先生の「吉利支丹語学の研究」、芥川龍之介の作品、それに、六本木の日本聖公会出版社で求めたStranksというイギリス人の The Apostle of the Indies, 1933, London. という書名を書いた。

翌週、先生は例によってにこにこされながら私に、「いろいろ読んでますね、ところで、私はザビエルに関する本は幾らか持っていますが、このストランクスという人のザビエル伝は知らなかった。一体、どんな本ですか？」と問われた。結局、その本を翌週持参して先生にお渡ししたが、二週間後、丁寧に包装して返して下さった。本を扱う際の礼儀を無言のうちに教わったような気がした。

先生は二回目の講義から、参考書名をびっしり黒板に書かれた。私は数度に及ぶ引越しで当時のノートを紛失してしまい、その書名を正確に再現することはできないが、主に書目の類であり、Henri Cordier の Bibliotheca Japonica. P. Robert Streit O. M. I., Bibliotheca Missionum. Léon Pagès, Bibliographie japonaise ou Catalogue des Ouvrages relatifs au Japon qui ont été publiés depuis le XVe siècle jusqu'à nos jours. J. Laures S. J., Kirishitan Bunko. また、エボラ版の書翰集もあったように記憶している。その他随時外国人の著作も紹介され、翻訳のあるものは邦訳名、訳

者名、発行年、出版社を教えて下さり、さらに慶應の図書館に架蔵されているものと、いないものを分けて、丁寧に紹介して下さった。要するにキリシタン史の勉強の源泉を示すことから先生の授業は始まったのである。

しかし、折角、塾の図書館に架蔵されているものでも、生憎、図書館は戦災に遇い、ゴシック風の優雅な建物の屋根は無惨にも焼け落ち、内部はガランとして外壁を残すのみであり、閲覧など思いも寄らなかった。塾当局は戦後の復旧を図書館から始め、昭和二十四年五月に修築が成り、再開されたが、まだ学生にとっては利用し易い図書館とはいえなかった。

先生は授業の度に図書館が戦災に遇ったことを残念がられ、私達に教えて下さった書物（いま思うと稀覯本もかなり多かった）を当の学生達が見られないことを憐れに思ってか、昭和二十三年の夏休みに入る直前、私達を上野毛のお宅に招んで下さった。「お弁当持参でいらっしゃい」とのお言葉も当時の時勢を反映していてなつかしく思い出される。私はポルトガル語に堪能なK君という西洋史学科の友人と計り、先生の「お友達を何人さそってもいいですよ」というお言葉に甘えて人選し、西洋史学科、東洋史学科、それに英文科の仲間にまで声を掛け、総勢五、六人でお宅に伺った。いま風に言えば、環状八号を田園都市線の上野毛駅前から渡り、線路を見下ろす切通しの上の右側道路に沿ってお宅があった。あたりには畠が点在し、のどかな郊外だった。

初めて伺う先生のお宅は幸い、戦災を免れ、焼けあとのバラックを見なれた目には堂々たる構えであった。八畳間の一隅に私達のために、それこそ小山のようにキリシタン史の和洋本、南蛮画集が背中が見えるように積んであり、私達に自由にとらせて下さった。教室で紹介なさった書物は無論のこと、よくこんなにキリシタン史の本が世の中にはあるものだと、ただただ私達は「スゴイね」を連発するだけであった。畳から三、四十センチ程高くしつらえた床の間には櫓の和時計があり、縁側との境の欄間にはキリシタンの制札が縁側から見えるように掲げてあった。また部屋の別の一隅には朝鮮の四方棚があり、古伊万里や李朝の壺が置いてあった（先生が柳宗悦氏のお弟子で、民藝に造詣が深かったことを知ったのは、ずっと後のことである）。広目の縁側にはスピンドル・チェアーが円い高いテーブルを囲み、先生によると、これらは古いイギリスの家具とのことであった。縁側の突き当り、別室に通ずる扉の上の壁には、聖母の絵が棘々しい小さな木片をこんもりと組み合わせた時代物の額縁に収まっていた（この絵と額縁は、いま私の書斎の入口の上にかかっている）。何もかも珍しく、それらが部屋の一隅の皮表紙の稀覯本とマッチして、どこか異国風であり、江戸時代の蘭学者の住居を想像した。

これを皮切りに私は学生時代、何度、先生のお宅を訪ねたことだろう。あるときは、トルセリニのザビエル伝各国語版を、あるときは、レオン・パジェスのザビエル書翰集を、あるときはバルトリのイグナシオ伝とイエズス会史を見せていただいた。また戦後いちはやく入手された、シュールハンマー師編のザビエル書翰集二冊の頁を私にナイフで切らせて下さったこともあった。そうして、「私は決して史料を独占しません。利用してくれる人がいれば、誰にでも提供しますよ」とおっしゃるのが常であった。

昭和二十三年十一月頃であったか、先生は天理図書館開館間もない昭和八年にそこで採集した史料だとおっしゃって、ロートグラフ数枚を私に手渡された。見ると、「エルマーノ・鹿児島のベルナルド」という表題のスペイン語の小論文である。著者はニエレンベルグという人だという。先生は例によってにこにこなさりながら、「これを翻訳してごらんなさい」と事もなげにおっしゃる。私は偉いことになったと思いながら、懸命になって読んだ。あとで知ったが、一六四三年刊行の書物の抜萃である。昔の文章の特徴で、どこまで読んでも仲々ピリオドに到達しない。三週間近くかかってやっと訳了したが、心配なので、恩師の永田寛定先生に見ていただいた。先生は丹念に原文を見、訳文を見、ある箇所にさしかかると、ノートにそのパラグラフを丁寧に写し、大きな辞書をひかれる。私はこのスペイン語の大家にして、これだけの周到さがあることを知って、爾来、難解な文章に打《ぶ》つかると、タイプライターでコピーしながら考える習慣を身につけた。とに角、そのときは四百字詰の原稿用紙三十枚近くの訳文に勝手な訳註をつけて先生にお渡しした。

翌昭和二十四年はザビエル日本渡来四百年にあたる。お正月に招ばれてお宅に伺うと、先生は私の訳文を褒めて下さった上、「幸田先生にこのことを話したら、きっとびっくりしますよ」とおっしゃった。私は嬉しかった。

六月、私達学生に「史学」二十三巻四号が配られた。「ザビエル研究特輯号」で、編集者は先生である。表紙を見てびっくりした。ラテン語の樋口勝彦先生の訳文「聖ザビエル列聖文書」、海老沢有道先生の「ザビエル関係日本史料」の活字に挾まって、「鹿児島のベルナルド」の活字が躍っているのである。三つとも、赤い四号活字で組まれていた。

初めての訳文が活字になったことは、学生にとり嬉しくない筈はない。西洋史の近山金次先生が、アリストテレスを読む時間に、みんなに披露して下さり、御自分も昔、幸田先生のお手伝いをしたことがある旨、にこにこしながらおっしゃった。私は赤面し、また大いに面目を施した。

この小訳文の仕事は先生が私を試されたものだったと思う。しかも善意に溢れたものであった。

先生は二年間、殆んど毎回の講義に重い原書を風呂敷に包んで持参しては私達に見せて下さった。グスマンのときもあれば、ゲレーロのときもあり、マードックのときもあった。上野毛のお宅から天現寺の幼稚舎（先生は当時、幼稚舎長であられた）を経てくる間、それはどんなに重かったろうと、いまになってお察しする。また江戸中期以後の写本で和綴じの稗史小説的な排耶書も持参なさり、「私は神田に出る度にこんなものを買うのです」とおっしゃって、貸して下さった。「うるがん伴天連」という怪人や、南蛮大名が出てくる牧逸馬の小説を読んだことがあったが、内容がそっくり同じであり、牧逸馬の使った材料が判って面白かった。

先生は授業中、微笑を絶やさず、声はお体に似合わず大きかった。教室に来られる時間は正確なので、私達は油断できない。駈せつける学生は私一人のときもあった。

幸い、神田の古本屋街は戦災に遇わなかったので、私は毎週土曜日の午後はそこでキリシタン史関係の本を漁った。何冊か溜まってから先生に報告すると、温顔を一段と綻ばせて、その一冊一冊につき説明を細かにされる。失礼な言い方だが、いま思うと諸著を実によく咀嚼されていた。そのうち、先生の訳書、レオン・パジェスの『日本切支丹宗門史』上巻が昭和二十三年の暮近くに、戦後の版が初めて出た。先生は私達にそれを教室で下さり、中巻はお正月に伺ったとき、戦時中の版をいただき、下巻は昭和二十四年の四月頃、やはり戦後の版が出たとき自分で買った。函切れのい い訳文、それに下巻の附録に収まっている註解の価値は学生の目にもはっきり判った。

先生は講義の中で早くからレオン・パジェスの名前を出されていたが、御自分の訳書については何も述べられなかった。シュタイシェンの『切支丹大名記』のときもそうであった。また昭和二十四年五月、渋谷の当時の東横百貨店で開催されたキリシタン文化史展の会場の入口で泉文堂刊の『聖フランシスコ・シャギエル小伝』を私が見つけるまで、この本については何もおっしゃらなかった。それでいて、幸田成友先生の「日欧通交史」の中の年表や索引作成のお手伝いをしたとか、やはり幸田成友先生の「東と西」「南と北」「和蘭雑話」「和蘭夜話」のお手伝いをしたとか、とに角、お手伝いしたことは教室でよくおっしゃった。先生のお人柄か、己れをあまり語らなかったのである。

しかし授業は懇切を極め、また非常に積極的であった。たまたま私一人を相手に授業して下さったとき、秀吉の禁教令二種を黒板一杯に書かれたときは驚いた。勿論、書き切れないから、先に書いたものを消しては新しく書き足されるのだが、私はノートが間に合わず、結局、先生の手許を見るだけになってしまった。それにしても先生はよく黒板を使われた。時に応じて、フランス語、スペイン語、イタリア語、ポルトガル語、ドイツ語、英語の書物の名前をポンポン書かれる。勿論、村上直次郎博士、新村出博士、木下杢太郎氏、岡本良知氏の著書、訳書名もあの枯れた楷書で奇麗に書かれた。また無数のパードレ、イルマンの名前の原綴り、日本側の人物名も丁寧に黒板を使って、私達のノートに誤りがないように配慮して下さった。図書館もなく、古書が稀にあっても、学生の身にとってはあまりにも高価な時代、またヨーロッパに本を注文することなど思いも寄らない時代である。先生の講義こそ唯一つの拠りどころであった。

先生は教室での温容とは打って変って学問には峻厳であった。ザビエル以来の大物宣教師であるワリニアノの政治的手腕に早くから注目され、その研究が将来必至であること、またローマのイエズス会本部には未公開の史料があり、いつかはその翻訳がなされなくてはならないと、折ある毎に説かれ、そうして史料はできるだけオリジナルにさかのぼらなくてはいけないと結ぶのが先生の持論であった。

またキリシタン史の勉強としては論文を書くより、当面、外国人の手になる真面目な著作の翻訳、それも一字一句おろそかにしない翻訳こそ大切であることを、口がすっぱくなる程、おっしゃった。そんなときは先生が自らに語っているような趣すらあった。

こうして身近かに先生の御指導を仰ぐうちに、西洋史専攻の学生でありながら、私は次第にキリシタン史の勉強に傾斜していった。それが御縁となって卒業後、先生が心から愛し、そこで半生を捧げられた慶應幼稚舎の教員にしていただいた。その報告に当時、史学科の長老であられた間崎万里先生のお宅を訪ねると、先生は「三田の人達がきみのことを殉教者と言っているよ」と笑いながらおっしゃった。吉田先生にそのことを申しあげたところ、先生は愉快そうに大笑いなさった。

昭和四十二年、前記の近山金次先生から吉田先生に、幼稚舎勤務のかたわら、大学文学部で私に西洋史の授業を手伝わせたいとのお話があった。吉田先生は準備として一年間、読書の時間を本人に与えた上で、と答えて下さる一方、しりごみする私に出講を強く命ぜられ、「僕も聴きにいくよ」と冗談をおっしゃった。

いつしか形の上では師と同じ道を私も辿るようになったが、先生が嘗て私達にして下さったように、私が果して学生達に懇切な授業をしているかと問われれば、甚だ心許ないと言わざるを得ない。せめて先生の真似をしたいと思い、スペイン語、英語の本を時折り教室に持ち込んだりしているだけである。

先生は生涯めとらず、清僧のような暮しの中にあって、学問と書物を愛し、美術と植物を愛し、そうして何よりも学ぶ立場の者達をいつまでも愛された。

昨年八月五日（歿くなられる十五日前）附けで先生から最後のお言葉が届いた。それには、老人性肺炎で入院なさったことと、石にかじりついても勉強をしなさい、とあった。先生は怠惰な私に最もふさわしい遺言を残して下さったのである。

先生についての思い出は尽きない。しかし大学の先生としての吉田先生を存じ上げている人は極めて少ないと思い、柳谷先生からいただいたこの機会に、先生から教室で教わった頃を中心に書かせていただいた。

心眼の美学
――吉田小五郎先生のこと

安東伸介

一

十年ほど前から、毎年八月の半ばを過ぎると、私は家族と一緒に、伊豆の西海岸の岩地という所で数日過すことにしている。今年は八月の十八日に出掛けた。ちょうどその前日の台風のために、船原峠を通過する道路に土砂崩れがあり、車はたまたま修善寺の町中を通り抜け、達磨山へ至るコースを経由して、伊豆の西海岸に向かった。

地元の人たちには悪いが、私はこの台風に感謝しなければならない。というのは、車が幼稚舎の疎開時代の思い出に残る八幡神社の脇や修善寺の町を通り、その上やはり疎開時代遠足に行った達磨山まで走り、その辺りから富士山がくっきり見える、というおまけまでついたからである。私は、車が達磨山の辺りを過ぎるまで、窓外の景色を眺めながら、幼年時代の思い出が胸中に拡がるのを抑えることができなかった。

八幡神社は、修善寺の町から三キロほどのところにある。疎開時代、私たちは、何度もこの神社まで駈足で行ったことがあった。昭和二十年の正月元旦、当時幼稚舎の六年生だった私の日記に次のような記録がある。

「朝は五時半に起床して八幡さまに初まうでに行った。雨戸を明けた時は未だ月が光々と照ってゐた。（中略）八幡さまから帰寮して、お雑煮を祝った。決戦下疎開地においておもちの戴けた事は非常に有難い。（後略）」

日記には記されていないが、このとき八幡神社の境内で、吉田先生が私たちに訓辞をなさったことを私はよく覚えている。訓辞などといっても、先生のお話は、少しも堅苦しくない極く自然な、しかし熱い思いのこもった口調で、私たちを慰めはげまし、この一年もみんな元気に仲良くやって行きましょう、という簡潔な年頭のご挨拶であった。そのお話の途中、先生は一瞬、落涙されたのである。先生のお話は少しも途切れることなく続いていたが、そのとき先生の両眼には、涙があたかも津波のように突如としてあふれた。先生はその涙をこぶしでぬぐうのではなく、したたる涙をこぶしでぱっとつかみ取られた。ほんの一瞬の出来事であった。先生は全く笑顔を曇らせることなく話を終えられた。先生の落涙に気付かぬ生徒もいたかも知れない。

八幡神社の脇を車が通ったとき、私がまっ先に思い出したのは、あの時の吉田先生のことであったが、それから岩地に着くまで、私は柏崎の先生のことをしきりに思っていた。因縁めくけれども、その僅か二日後に、私は先生の訃報を伝えられたのである。

長々と修善寺のことを書いたのは、そんな因縁めいた話は別として、理由がある。私は、幼稚舎時代、先生の担任のクラスの生徒だったわけではない。卒業後、先生との御縁を深める様々な機会があったのは事実だが、もし私が幼稚舎の疎開時代に、先生と同じ宿舎（野田屋旅館）で半年あまりの時をご一緒に過すことがなかったなら、これほど長い年月に亘って、先生に親しく接する稀有の幸運に恵まれることはなかっただろう、と信ずるからだ。本当に長いおつき合いであった。先生に対して、おつき合いなどという言葉はずいぶん不遜のようにも思うが、どうも他に適切な言葉が見つからない。おつき合い、といった先生との親しい交わりの中で、私は、人生の様々なことについて、実に多くのものを学んだ。先生のご逝去によって、私の人生の一章が終ったのは確実である。

最も大切な人を失ったとき、人はよく、「心の中に大きな穴があいてしまった」と言う。これは月並な言葉かも知れぬが、他にどんな適切な言い方があろうとも思われない。人は、いざとなると、平凡な決まり文句に、それぞれの深い思いを託す以外に何が出来るだろう。私はただ、その心の空洞を少しでも埋めようとして、先生の思い出をたどたどしく記しているに過ぎない。

ある時、私は先生に質問したことがあった。

「先生は若い頃お買いになったモノで、今はもう見るのもいやだ、というような品物はありませんか。」直ちに先生はきっぱりと、「全然ありません」と仰言った。この先生の、すがすがしい自信に満ちた返答に、私は言いようのない感動を覚えたのは確かだが、同時に、先生の前にいる自分自身が、先生の眼光に射すくめられているような気持ちになり、しばらく口がきけなかったことをおぼえている。先生は常に、一切のモノを己れの眼によって直下に見、瞬間に真と善と美を直覚するという一筋の道を生涯貫かれた。

先生の「美学」は、モノの形と色と、さらにその奥にひそむ美神の啓示ともいうべきものを、一瞬に直感する心眼の上に成り立つ。この先生の心眼は、モノのみでなく、学問にも、人事にも及ぶ。こんな先生を相手に、親しい「おつき合い」も何もないようなものだが、優れた人物というお手本は、ただ遠くから崇めるだけでは無意味であり、進んで親しく交わり、徹底的にその影響を受けてしまうのでなければ真のお手本にはならないだろう。私は先生からいただいたバーナード・リーチの皿に焼きナスを盛り、安南の茶碗で牛乳を飲み、クラワンカの小茶碗でひや酒を飲んでいる。これを先生の悪影響と言う人があれば、私の振舞いは先生の真似事に過ぎないが、お手本は、努めて真似ようとするほかないだろう。真似るとは、改めて言うまでもなく、学ぶということだ。先生は、こんな私に最期まで寛大に接して下さったようである。四年ほど前、「一度、自分のコレクションを洗いざらい見ておいてもらいたい。折を見て柏崎に来るように」というお手紙を頂戴した。私はある日、柏崎のお宅に参じて、二日間、先生の蒐集品を拝見するという眼福の栄に恵まれた。

様々な品を次々に楽しんでいるうちに、頭をガンと一撃されるような、見事な安南の染付の大皿（直径50センチもあろうか）が現われた。先生はしみじみ言われた。

「この皿は、柳（宗悦）先生が、手をかえ品をかえて、日本民藝館にくれないかと言ってこられた。民藝館のあれと交換しよう、これと交換しよう、日本のあらゆる国宝がなくなっても、この皿一つが残ればいいとまで仰言った。私は柳先生のお申出にはいつも従うほうで、ずいぶん色んなものを民藝館に寄附したが、この皿だけは、とうとう最後まで柳先生のご希望にさからって手許に置いておいたのです。」

この皿は、吉田先生という人物を誠によく示した品物だと、私は今でも信じている。この皿の、さり気ない、しかし雄勁な、深い気品に満ちた美しさ。この皿は先生が所有することによっていよいよその輝きを増したのである。人間とモノの関係には微妙なものがあって、あるモノは然るべき人に所有されることによって、単なるモノではなくなり、その所有者の人格の一部になる。モノはその所有者の人格の表現である。私は吉田先生の仕合わせを羨み、先生に所有されたこの皿の幸運を祝福したいと思った。

先生の随筆の愛読者には言わずもがなのことだが、先生はモノ（物）とコト（事）の軽重について、誠にはっきりした信念を持っておられた。無論先生はモノの方を重んじられたのである。あの見事な安南の大皿、いや、あらゆる先生の蒐集品が、そうした先生の信念を端的に示している。陶器も、泥絵も、石版画も、織物も、ガラスも、丹緑本も、一切のモノがそうなのである。

あるいは人は言うかも知れない。歴史家にとってはコトこそ重要であろう、と。素人の私が言うのもおこがましいが、先生の史学の根本は先ずモノにあった。勿論歴史家がコト（事件）を等閑に出来るものではないが、キリシタン史学者の先生の眼は、「史観」とか「史論」といった曖昧なものではなく、先ず何よりも具体的なモノ、例えばオリジナルな「資料」や、「人物」というモノに注がれていたのだと私は思う。ある時先生がこう言われたのを思い出す。

「私はザビエルの詳しい伝記を書こうと長いこと考えていたが、この人について調べれば調べるほど、その気がなくなってしまった。ザビエルの言っていることは、大抵聖書の文句の焼き直しです。あの小鳥とも話が出来たという、アッシジの聖フランシスコの方が人物としてずっと面白味がある。ザビエルという人物にはもうあんまり深い興味がありません、偉い人ではあるけれど。」

モノと人間を同一に扱うとはけしからぬ、と言う人がいるかも知れぬが、それはモノの重みを、モノに生命があることを知らない人である。吉田先生にとっては、人物の評価もモノの評価も同じであった。つまり先生にとって、モノの真贋と人物の真贋を判断することは同じであった。先生の心眼の美学はモノにも人間にも同じように光っていたのである。ただ、幸いなことに真贋の判定と、好き嫌いの情とは、必ずしも一致しない場合がある。先生はモノについては、真贋の見分けと好き嫌いがかなりはっきり一致しており、またしばしば人物についても同じであった（先生の月旦評は時に熾烈を極めた）が、幼稚舎の教え子、また広く一般に幼稚舎の卒業生に対しては、温厚、寛大で、慈愛に満ちたお方であった。私など、そうした先生の慈愛の恩恵に浴すること最たる者の一人であった、と言わなければならない。

先生に最後におめにかかったのは、七月八日のことであった。私にとって、ちょうど九度目の柏崎訪問であった。たまたま入院中の先生は、直前に打った注射のためか、血色はよかった。もうすぐ退院されるとのことだったが、リンゲルを打ったあとの、左手首の黒いアザが痛ましい。

「安東君は田中豊太郎さんの『李朝陶磁譜』を手に入れたって。」と、先生が甥の吉田直太さんに話しかけた。直太さんはいつもの軽口で、「そういう話になると、先生の記憶はトンチンカンじゃなくなる。」と言った。

私が、先生の左手のアザの所に一寸手をふれて、「先生、また参りますからね」と言うと、先生は毛布の下から、一所懸命に右手を出して、私につっと差し伸べられた。私に握手を求められたのだ。先生は、一言も口をおききにならず、にこにことして、いつものご機嫌の良い時と少しも変らぬ笑顔だが、眼には一ぱい涙をためておられる。先生はよく、愉快に大笑なさる時、両眼がうるんだように涙ぐまれることがあったが、あの、お元気な時の明るい先生のお顔がそこにあった。しかし何も仰言らない。私もだまったまま、先生と握手を続けた。

こんなことははじめての経験だった。いつも柏崎にうかがってお宅を辞する時、先生は花田屋の門前に立って、いつまでも見送って下さったものだが、お互いに握手をしたことなど一度もなかった。私は駅に急ぎながら、ふっと、不吉な予感のようなものを覚えた。あの握手は先生との訣別になるのではないか……。八月十三日付のお元気な便りをいただいて、もう大丈夫、こっちのものだ、と私は思い、すっかり安心したのだが、その一週間後、とうとうお別れすることになった。

お通夜の祭壇の脇に、柳先生の「イザ去ナン、文ナキ里ニ」という軸が掛けられてあった。吉田先生の逝かれた「文ナキ里」とは、柳先生の言われたまことの美の浄土であろうか。私はそう思いたい。

二

いつぞや柏崎のお宅を訪ねて、吉田先生のお話をうかがっていると、甥の直太さんがガラスの鉢に盛ったぶどうを運んでこられた。先生はそのぶどうを、たまたま卓上に置いてあったスペインの白い古皿に移された。その瞬間に、ぶどうも皿も一変して、美しく生まれ変り、私はひどく心を打たれたのを覚えている。まことにさり気なく、然るべき器に一輪の花を生けた、という気配であったが、その皿に盛られたぶどうの姿には、吉田小五郎という人物が一瞬にして描いた、極めて個性的な絵のような趣があって、私は感動したのである。

深い学問と、美的完成を一身に兼ねた教養人というものは、甚だ少ないものだ。吉田先生は、まさにその数少ない本物の教養人であった。

先生にとって、美は生活の伴侶であった。美は、美術館の陳列棚に納められた品物を眺めている限り、人を魔道に突き落とす心配はないが、進んでこれを日常の生活の伴侶とするのは、甚だ危険なことなのである。先生は、一見、まことに自然に、自在に、美を己れの生活の伴侶として、美神の恩寵に包まれた生涯を終えられたように見える。然し、先生の美の追求の遍歴に、魔とのたたかいがなかった筈はない。あれほど深く美の世界に没入しながら、ついに先生は惑溺という魔道に落入ることがなかった。先生は、見事に魔を手なずけ、馴らしてしまったのである。ぶどうを古皿に盛るのは、いつ息をふき返すかも知れぬ魔を封ずる一つの儀式であった。

吉田先生が生涯敬愛してやまなかった柳宗悦氏の『心偈《しんげ》』の中に、

見テ　知リソ
知リテ　ナ見ソ

という一句がある。先ず直観によって得たものを、後から概念によって整理せよ、知識や観念によってモノを見てはならぬ、先ず直下に己れの眼によってモノを見よ、という意味である。これは柳氏の美学の根本を端的に表現した言葉であるが、吉田先生と柳氏の美学上の血縁はこの短い言葉に尽されていると思う。先生の「ものとこと」というエッセイ（『柏崎だより』）は、この『心偈』の一句に示された美的信念を、吉田先生一流の率直かつ辛辣なスタイルで語った名文である。ここに言う「もの」と「こと」とは、「直観」と「概念」、「心眼」と、「知識」、「信」と「知」といった様々な対比に言いかえることが出来るだろう。

申すまでもなく、先生は、「もの」を先ず第一に重んじたお方であった。先生は常に「もの」を直下に見て、その真・善・美を瞬時にして直覚するという一筋の道を貫かれた。急いでつけ加えておきたいが、無論先生の美の世界に関する「知識」は第一級のものであった。然し研究や知識の前に、先ず「もの」を見、その美と醜を立ちどころに判定するという正統の筋道を通されたのである。これは困難な道だ。知識は机の前に坐っていれば、いくらでも肥大して行くが、眼の方はそうは行かない。眼は天性のものだからである。

眼は見えなくても、人は美についてもっともらしい饒舌を弄することが出来るが、一枚の絵や一つの壺を、じっと黙って見ていることの方が、実は遙かにむずかしいことなのである。世の中に、筆はたつが眼は見えないという美学者や美術評論家は、人が思う以上に多い。「見テ　知リソ」どころか「知リテ　見ズ」ということであろうか。吉田先生の「ものとこと」は、「見テ　知リソ」という美の追求の、極めて困難な本道を示した文章であり、私はこれを先生の「心眼の美学」と自己流に呼んでいる。

この先生の天賦の資質の上に磨かれた「心眼の美学」は、単に陶器、泥絵、石版画、ガラス、染物、丹緑本といった美的世界にとどまらず、学問、人間その他人生のすべての事柄に及んだ。先生の厳しく鋭い心眼は「もの」にも「こと」にも、また「ひと」にも同じように向けられていた。私はそういう先生を、自分の人生の師としてこの四十年間、畏敬と親しみの念を以て仰いで来た。「己れの師にまさらぬ弟子ほど哀れな者はない」というレオナルドの言葉は、昔先生から教わったものだが、私は、生涯決してまさることの出来ぬ稀有の人物に出会い、その人を己れの師とし得た幸福を、誇らしく思う。

吉田先生の思い出

渡邊眞三郎

我々昭和二十一年卒業生は、戦争に対処した一学年二学級への編制替えに伴ない、五年六年を吉田先生に担任して頂いた。そしてこの間、昭和十九年八月から二十年の十月迄、一年二ヶ月を疎開学園で過した。従って我々の吉田先生の思い出と言えば、どうしても疎開につながることになってしまう。

何しろ、五十に手の届く年代になっても、白いご飯を腹一杯食べた思い出話に夢中になる我々である。敗戦前後の困難な時代にあって、そのような子供達をかかえて、見知らぬ土地で生活する先生のご苦労はいかばかりであったろうか。当時はまだ幼かったこともあり、そのような苦労があることを考えもせず、また後になっても先生は自ら苦労話をなさるような方ではなかったので、深くを知ることのないままに過ぎていたが、最近『柏崎だより』を読んで、その一端に触れることができた。

先生が青森県庁の役人に呼びつけられて、慶應が物価をつりあげると、油をしぼられた話である。その役人の様子が、鉢巻をしめて草鞋ばきと言えば、どのような叱責であったか想像するに難くない。勿論先生のことであるから、さらりと書き流していらっしゃるが、それだけにかえって、先生のご苦労の大きかったことを感じ、改めて頭の下がる思いであった。

先生が上京されなくなった昭和五十四年から、我々は毎年六月、柏崎でクラス会を開くのが例となった。遠隔の地にかかわらず、毎回二・三十人の参加者があったのは、常任幹事神谷一徳君の献身的な努力と共に、大げさに言えば、生死をともに暮した疎開生活の絆が、先生にお会いしたい気持ちとなって表われたものと言ってよいであろう。

その第一回目の宴席で、先生は、柏崎の民謡・三階節を歌って下さった。我々にとって初めての経験で、皆びっくりし、感激した。途中でつかえられて、次にはもっと練習しておきます、とおっしゃられたが、二度と歌って下さらなかった。

今年もその五回目を行ない、いつものとおり花田屋さんへ伺い、先生と甥御様の直太氏から、黒船館の案内をして頂いたばかりである。

それから僅か二ヶ月、突然の訃報に接して、しばらくは本当にできなかった。もう再び先生の温顔に接することができないと思うと、たまらなく寂しい思いがする。

私と吉田小五郎先生

福原義春

私の家は、かつての東京市電の恵比寿長者丸というのんびりした終点のごく近くで、白亜の新校舎が落成したばかりの天現寺の慶應幼稚舎からは僅か四駅であった。

父は何とかして私をこの学校に入学させたいと言っていて、近くの幼稚園に飛び入り入園させたりしたが（その白金の明星幼稚園の先生も偶然に女性の吉田先生であった）、おかげで何とか入学試験に受かった。その掲示板を見て初めて私はB組に編入されていること、のちにそのB組の担任が吉田小五郎先生であることを知った。今となっては偶然とは思えない出会いであった。

こうして昭和十二年から十八年までの六年間、父と共に過す時間よりは吉田先生に接している時間の方が長いような気がした。吉田先生はたとえ小学生の子供であっても一人の人間としての人格を認め、公平に付き合って頂いたので、私にとってはもう一人の父のような存在となった。

それにもともと私の父と吉田先生の考えていることが反権力、反権威、反虚栄みたいな所があって、お互いに共鳴する所があった。

その間に吉田先生のいろいろな側面、例えば本職であったはずの史学の方法、ディレッタントと言うか好事家としての古美術や骨董に対する目利き、野草や東洋の蘭や、自然に対する愛のようなものを教えられたり、その場面を見聞きするようにもなった。

授業の間には支倉常長の慶長遣欧使節など東西交流のエピソードや、大名と宣教師の駆け引きなどが織り込まれた話をされた。

そこで私たちが教えられたのは、先生が恩師・幸田成友《しげとも》先生から教わった「原典を尋ねよ」の教えと、歴史を多元的に見ることとの大切さであった。例えば一つの史実についての大名側と宣教師側の記録は一致することがない。両側の記述は何れも正しいので、真実は二で割った中庸にあるのではないということだった。単純化して一元化しない多元的な価値観で、起きているものごとを見る眼を小学生にさえ教えてもらえたのだった。

庭の一隅に植えた翁草やオダマキの花に注ぐやさしい眼差しを忘れることも出来ない。時には近所の野草を育てている農園を訪ねて、欲しいものは売ってくれないとこぼしている先生の姿もあった。美術・骨董については、虚名や虚飾の作品を排し、本当に美しいものを求めた。そのうちに柳宗悦の民藝運動に共感し、参加もしたが、飽くまでも一アマチュアの立場を貫いた。

このように吉田先生が言わばコミットしている多くの世界のことが授業の合間合間に語られたし、時には日曜日に遊びにおいでと招かれては、最近買ったばかりの司馬江漢の硝子絵の解説をして頂いたりした。

歴史上の出来事にキラリと眼を光らせる吉田先生と、床の間に置かれた李朝の壺を見る吉田先生はそれぞれ別の人ではなくて一人の人間として瞬間瞬間に見せる側面である。教育者としての先生はそれらを統合した実に人間的な人間であったことを知るのは、むしろ社会人になってからのことであった。

吉田先生は手紙にも、評論にも、随筆、随想にも実に筆まめであった。私が先生のクラスにいた間にも岩波文庫からレオン・パジェスの『日本切支丹宗門史』四巻が刊行された。フランス語は独学であった。また子供のための読みものとして『東西ものがたり』が一冊の本になって刊行された。

私の父は好みも主張も吉田先生のそれと似ていた。ある時、私の作文を読んでから吉田先生と父の文通が始まった。何れも筆まめな二人だったから、毎日のように手紙を往復するのだった。

しかしこの二人は何故か会って話しをすることがなかった。それが私が幼稚舎を卒業してからは、時には吉田先生が最近見つけた古陶器を見せに来られたりするようになり、そのうちに夕食にもいらっしゃるようになった。父は日本酒をちびちびと飲み、吉田先生はその一杯で顔を真っ赤にして、二人で魯山人はどうの、あそこの骨董屋はどうの、果ては世の中のことまで語り続けて止まないのだった。しかしこうした付き合いが私が卒業してから始まるというのも、私に与えられた大きな教訓でもあった。

吉田小五郎先生は長兄が理財科で福澤先生に直接教わったことがあり、いつも福澤精神を受け継ぐことを考えておられた。そして戦時、戦後の混乱、特に舎長になられてからは時代の波に抗して慶應幼稚舎の独立性、独自性を保つための努力をされた。その吉田先生の思想は今日の幼稚舎の学風の一部になっていると思うことがある。

吉田先生は実にいろいろな場に文章を発表されていたが、定年後帰郷されてから「越後タイムス」に寄稿されたものまで今回拾い集め、精選された随筆集が刊行されることは、先生のいろいろな世界を見る眼を学び、思想を伝えることでの意味はとても大きい。

（平成二十五年八月）

吉田小五郎先生のキリシタン史研究

髙瀬弘一郎

吉田先生没後三十年の時が経過した。上野毛の先生の旧宅は今はなく、柏崎で先生が甥の吉田直太氏ご夫妻の暖かいご厚意に浴して最晩年の十年を暮らした花田屋の店舗兼住居も、今は姿を変えた。三十年という歳月の持つ重みを改めて思う。この間私も馬齢を重ね、先生の享年に近づいてきた。老人であることの証しであろう、過去を懐うこと繁く、吉田先生のことは殊の外それが強い。

先生ご逝去の直後に、私も編集の末席を汚したが、先生を偲ぶ書籍『回想の吉田小五郎』が出版された。先生追悼の文、先生からいただいた多くの手紙の中のいくつかを紹介した文、および先生の遺稿について、拙文をそこに載せた。今回『随筆選』の別冊として類似の趣旨の冊子が作られるに当たって、同じようなことを再度記す気持ちにはなれない。先生の多彩な足跡を今回も多くの方が語るであろう。私を先生と繋ぐものはキリシタン史研究であり、今回私が本書に拙文を載せる機会を与えられたのも、キリシタン史研究者としての先生を語るのが恐らく私の役目であろう。先生のキリシタン史研究の業績を、率直に記述することである。美辞を散りばめるようなことは敢えて避け、一研究者としての思いをそのまま記すことにする。

先生の作品は多いが、キリシタン史研究の業績といえば、次の書籍が主なものと言ってよい。外にも雑誌『史学』や『日本歴史』等に載る数篇があるが、以下の本のみ取り上げる。

一．シュタイシェン『切支丹大名記』大岡山書店、昭和五年（一九三〇年）、二十八歳。（後に改訂版）

二．『聖フランシスコ・シャギエル小傳』大岡山書店、昭和七年（一九三二年）、三十歳。（後に復刊）

三．パジェス『日本切支丹宗門史』上中下、岩波文庫、昭和十三・十五年（一九三八年・四〇年）三十六・三十八歳。（後に復刊）

四．『キリシタン史』慶應義塾大学教材（通信教育）、上下、昭和二十五・二十六年（一九五〇・五一年）、四十八・四十九歳。

五．『キリシタン大名』至文堂、昭和二十九年（一九五四年）、五十二歳。

六．『ザヴィエル』人物叢書、吉川弘文館、昭和三十四年（一九五九年）、五十七歳。

二は事実上 George Schurhammer, St.Francis Xavier, London, 1928. の邦訳である。シュルハンマーは後年、大冊四巻からなる極めて浩瀚なザビエル伝を上梓する。それに先立つコンパクトで読みやすいザビエル伝である。昭和七年当時のわが国のキリシタン史の研究環境を考えれば、日本でオリジナリティのあるザビエル伝を著述することなど、何人たりと不可能であろう、という点は言い添えねばならない。なお六は基本的に、二を短縮した内容である。

というわけで、一、二、三は皆邦訳と言ってよい。一、三の原著はフランス語である。先生は文学部史学科の卒業であるが、軸足を日本史に置き、とくにフランス語に習熟するような授業環境ではなかったはずである。それを幼稚舎の先生を勤めながらの、決して小さくない訳業である。驚くべき偉業と言ってよいであろう。内容は、一はキリシタン史の通史、三は一五九八年以降のキリシタン史通史である。とくに後者は岩波文庫に収められたことでも分かるように良質の史書であり、今日なお依拠するに価する文献の一つとして生命力を失っていないと言ってよい。

一方先生の著書であるが、四、五は同じ内容である。この書物を読み返して、やはり先生のキリシタン史研究者として世に問うべき業績は、訳業にあると思う。時代的背景もあったであろう。明治以降のわが国のキリシタン史研究を振り返って、西欧の文献を邦訳移植し、それに拠って歴史を研究し歴史を語る、このような段階を経た上で、次のステップを望む。これは何も、一人キリシタン史研究に限った話でもないであろう。吉田先生が二十代~四十代の頃は、わが国のキリシタン史学界は先生のような、西欧のキリシタン史文献の移植紹介に篤い使命感をもって臨む研究者を必要としていたと言ってよい。今日の研究水準を以てして先生のキリシタン史研究を論評するのはたやすいが、その今日の研究も、かつての困難な研究環境の中、大変な努力の末の先人の尊い業績を踏まえて築き得たものであることを忘れてはならない。先生は私にとって一貫して、学問を吸収する先生というよりは――なまじっかな吸収よりこの方が大切というべきであろうが――、心に先生の姿を思うことによって、迷わず疑わず自らの進む道を信じて蝸牛の歩みを続けることが出来た。没後三十年を迎えて改めてその思いを深くする。

（平成二十五年八月）

僕の吉田先生

近藤晋二

幼稚舎の先生になりたいという希望を、吉田先生にお伝えしたのは、確か大学三年になりたての昭和三十二（一九五七）年の春頃だったと記憶している。

卒業する再来年の三月に、松原辰雄先生が退任されることは聞いていたので、もしかすると可能性があるのではないかと思い、まだまだ先のことではあったが、上野毛のお宅に伺い、相談にのっていただいた。

先生から「お力になりましょう」とのご返事と一緒に、「幼稚舎は休みが多いから、勉強が出来ます。是非いらっしゃい」とつけ加えられた。

先生は前年に舎長を退いて、一担任に戻られていた。舎長は大学文学部教授の中山一義先生であった。

後になってもう一人希望者がいたという話を聞いたが、採用はすんなりとはいかず、先生にはずいぶんと余計なご心配をおかけしてしまった。何から何まですべてお任せしていたが、幼稚舎に採用が決まったのは、昭和三十四年になってからだった。

それから四月の新学期までの間、何人かのクラスの授業を見学させてもらった。

吉田先生は確か三年生の担任で、何の時間だったかは忘れたが、参観のため教室に入ると、すぐ子ども達にとり囲まれ、「誰なの」「何しに来たの」と矢継ぎ早やに質問がとんできて、とても授業に入れそうになかった。

「君たち静かにしなさい」「席につきなさい」と先生がいくら言ってもなかなか収まらず、閉口しているご様子だったが、怒っている様子は全くなく半分笑顔であった。

舎長を辞めて一担任になられた時、「組合の組織と同じで、たまたま組合長だった人が組合員になるだけのこと」とおっしゃって、何も騒ぐことでもないし、自分にとっては当り前のことと、先生から直接伺ったことがある。他の社会では到底考えられないことに違いないが、誰にでも出来ることではなく、それ相当の覚悟がいることだと思っている。後に内田英二先生も同様、舎長の後、担任に戻られている。

昭和三十五年春に二年生の誘拐事件が起き、結果はたいへん残念な、悲惨な結果となった。

幼稚舎内もしばらく動揺が続き、特に問題となったのは、高原学校や修学旅行など校外活動をどうするかということであった。

最終決定の会議では、実施側、自粛側それなりの主張があり、容易に決まりそうになかった。その時それまで発言されなかった吉田先生がひと言「やることにしましょう」と発言された。

その後は誰も発言する者はなく、すべての活動が実施する方向に決まっていった。

僕は昭和三十六年に結婚したが、無謀にも先生に媒酌人をお願いしたいと思い、お訪ねしたことがある。

僕もまず無理だろうと考えていたが、案の定、「一人者だから駄目だよ」と半ば呆れておられたが、もう一押し、二押ししたらどうなっていただろうと、そんなことを今でも考えることがある。披露宴では主賓のスピーチは勿論、吉田先生で、司会は安東（仲介）さんにお願いした（黒衣に徹した安東さんの司会は吉田先生から大好評であった）。

先生のお話は大半は父のことであったが具体的な内容はまるで覚えていない。

先生のお伴で蔵前の国技館にご一緒するようになったのは、いつ頃からのことか判然としないが、多分僕が三十歳頃、先生が五十四、五歳の頃ではなかったかと思う。昭和四十八年先生が柏崎に帰られるまでの七、八年間一回も欠けることなく続いたと記憶している。桝席は林彦三郎氏の持席であった。

相撲観戦はもう一人誘って三人のことが多かったが、先生と二人だけのこともあった。観戦後は必ず先生にご馳走になるのが恒例であった。そのような時、先生から「君のお父さんにはお世話になった」という話がよく出た。

戦時中の幼稚舎集団疎開の際に、後援会委員としてお手伝いしたことを、本当に有難かったとおっしゃられていたが、実は父の死（昭和二十四年）の一周忌に追悼録が出ているが、その編集人、発行人の役目を先生に引受けていただいている。

およそ先生と正反対の父が、先生と馬が合うところがあったとは不思議なことだとつくづく思うが、敢えて共通点を挙げるとすれば、私利私欲の無かったことではなかったかと思っている。

先生の誕生日は一月十六日、柏崎へ帰られてからは、その日の前後の日曜日にお訪ねすることにしていた。

先生の第一声はいつも、

「最近の幼稚舎はどうですか」

「何か面白い話はありますか」

で始まって、しばらくは幼稚舎の話題が続くのが常であった。


（平成二十五年八月）

吉田小五郎随筆選　別冊　追想　吉田小五郎先生

2013年11月15日　初版第1刷発行

発行者――――坂上弘
発行所――――慶應義塾大学出版会株式会社
〒108-8346　東京都港区三田2-19-30
TEL〔編集部〕03-3451-0931
〔営業部〕03-3451-3584〈ご注文〉
〃　03-3451-6926
FAX〔営業部〕03-3451-3122
振替　00190-8-155497
URL　http://www.keio-up.co.jp/
装　丁――――中島かほる
印刷・製本――萩原印刷株式会社

Printed in Japan ISBN 978-4-7664-2057-9（セット）

CALAMVS
GLADIO
FORTIOR